青春の黄昏

Hiro Kubota

ヒロ久保田

文芸社

もくじ

青春の黄昏

プロローグ

香織の部屋

机の前に座り、机の上にある写真立てに手をやる。

「クリスマス・イブがもうじきやって来る。街の賑わいとは逆に、私の心はより一層に暗くなっていく。あの日も、今日のようにどんよりと曇った肌を刺すような北風の強い夕方だった。あの頃の思い出が、ついこの間のように思い出される」

香織《かおり》は、涙を浮かべながら、心でつぶやいていた。

目を閉じると真人《まこと》の笑い顔が浮かんでくるのだった。

「真人と初めて、出逢ったのは、高校二年の夏休みに、女友だち四人と須磨海水浴場に行った時だった」

第一章

兵庫県神戸市須磨海水浴場

一九八〇年七月二十一日。

香織と女友だち数人が、海水浴場でビーチバレーをしている。海の家のラジオから、ジョン・レノンのWOMANが流れている。考え事をしていた香織に、ボールが飛んで行ってそのことに気付くのが遅くなった香織、バックして必死でボールを受けとめようとした。

香織の友人が言った。

「香織、危ない!!」

歩いていた真人は、香織が来るのに気付くのが遅れた。

「あっ!」

真人と香織はぶつかって、真人が持っていたアイスボックスは、砂の上に放り出されてしまった。

二人は、重なり合って倒れてしまった。真人は、香織を抱き起こしながら言った。

「君、どこも怪我しなかったかい?」

「ええ、どこも怪我なんてしていないわ!」

と虚勢を張って言ったのだった。

「いつもなら君のような女の子一人くらい、ぶつかってきたって、どうってことないんだけどね。アイスボックスが、結構重たくて君を受けとめられなかったんだ! 本当に怪我しなかった?」

「ええ、別に体は、何ともないのだけど、アイスボックスの中身は、大丈夫かしら？」

「あ、それ忘れてた」

真人は、慌ててアイスボックスの蓋を開けてみた。真人の顔色が一瞬変わる。

香織の側にやって来る。

「砂の上に落ちたから何ともなかったよ。へへへ……」

香織は、真人の様子がおかしいのに気付く。

「じゃあ、その中見せて」

「なんともないって言ってるじゃないか！」

「あなたは、私に心配をかけまいとして、嘘をついているんだわ」

「いや、そんな事は、ないよ」

香織は、アイスボックスを開けて中を覗き込んで、青ざめた。

「やっぱり、あなたは、嘘をついていたのね。あんなに強く地面に叩きつけられたのだから、潰れていないほうが不思議なくらいだわ！」

そう言うと、財布をバッグから出した。

「それ、全部でお幾らなの？　弁償させて頂くわ」

「君に、弁償してもらう訳にはいかないよ。君が近付いて来るのに気が付かなかった自分にも責任があるのだからね。このソフトクリーム、皆で食べちゃおうよ」

そして、香織の友人数人と一緒に形の崩れたソフトクリームを食べる真人。

ソフトクリームを食べながら、香織が言った。

「御免なさいね。あなたに悪いと思ったからなの。お金さえ払えばいいだなんて、思った訳じゃないってことは、分かってね！」

「分かっているよ。君は、そんな娘には見えないよ。でも、一寸、残念だったのは、もっと長く君とこうして倒れていたかったよ。君の髪の香りが、とても、甘酸っぱいシャンプーの香りがしたよ」

ソフトクリームを食べ終わって、香織が立ち上がろうとすると、右足を押さえて言った。

「痛い、足をくじいたみたいだわ」

　その様子を見ていた真人が、言った。

「ほら、みたことか！　女性は男みたいに頑丈には出来ていないんだよ。そんな足じゃ、歩いて帰るのは無理みたいだね。家は、ここから遠いのかい？」

「ええ、少しね。でも、タクシーを拾って帰るから大丈夫よ。心配なさらないで」

「君の家は、裕福らしいけど……、送っていってあげるよ」

「本当に御免なさいね。迷惑をかけた上に、送ってくれるなんて、本当に親切な人ね」

　香織がそう言うと、真人は照れて言った。

「へへへ……俺って女性には、意外と優しいんだ。それに、目の保養もたっぷりさせてもらったから、そのくらいの事してあげるよ」

「そう言うところが、あなたの悪い点ね」

「男なんて、皆こんなもんだと思うけれどね。それは別として、送っていく前に試練を受けなければならないから、あの喫茶店で待っていてくれよ」

真人はそう言うと、香織の肩を抱いて海の家まで連れていき、渚という喫茶店に待たせておいた。

真人は、店の親父さんにどやされたけれど、何故か心は弾んでいた。親父さんは、アイスクリーム代をバイト代から差っ引いておくと言った。

それから真人は、香織の待っている喫茶店へと向かった。水着姿の香織は、とてもセクシーだったけれど、ジーパンにサマーセーターを着た香織の姿も素敵に見えた。

香織は、真人がやって来るのを見つけると、微笑みながら手を振った。真人は喫茶店に入ると、香織の向かいの席に座って紅茶を飲みながら話し始めた。

「君は、どこの高校？」

「神戸学園高校の二年生よ」

「へー、じゃあ意外と近くなんだな。俺は、神戸第三高校の三年生さ、偶然だね」

「須磨海水浴場でアルバイトしてるの？」

「そうだよ。新しい単車が欲しいんだけれど、親はお金を出してくれないからね。夏休み中ずっとここでアルバイトしているんだよ。君は、どうしているの？」

「私は、ほとんど家にいたんだけれど友人たちに誘われて泳ぎに来たの。でも、何となく憂鬱なの。あなたが羨ましいわ。自分の好きな事が出来て……」

「神戸学園高校といったら、県でも有名な進学高だね。僕の高校は、男子高なのだけれど、クラスの五分の一が、大学へ進学すれば、いいほうだね。だから、高校生活最後の夏休みを、エンジョイしているんだよ。俺なんて君の足元にも及ばないよ」

「そんなこと言わないでよ。今日は、勉強のことは忘れようと思って来たんだから」

　真人は、慌てて言った。

「御免、神戸学園高校といったら女の子は皆、眼鏡を掛けて、単語帳を必死で見ているような女の子ばかりかと思ってたけど、君のような娘もいるんだね」

香織は、一寸怒った様子で、

「それは、偏見だわ。私も、神戸第三高校っていったら暴走族ばかりかと思っていたけれど、あなたみたいな真面目な人もいるのね」

「そりゃ、ひどい。あれは、一部の生徒だけだ。後は、皆いいやつばっかりだ」

二人は、そんな会話を交わしながら笑っていた。香織が、こんな楽しい気持ちになったのは久し振りだった。

夏の長い昼も、いつのまにか黄昏になっていた。香織は、急に不安そうな顔をして言った。

「もう帰らないと、母に叱られるわ」

すると、真人は、

「じゃあ、送っていってあげるよ」

そう言うと真人は、香織の肩を抱いて単車の所まで連れていった。真人は、香織にヘルメットを渡してから、香織を抱きかかえて後部座席に乗せて、キーを差し込んでペダルを踏み込み、スロットルを回した。

オートバイのエンジン音が、静まりかえって誰もいない須磨の海岸のほのかに暗くなった黄昏に響いたのであった。

真人は、香織に言った。

「しっかり、掴まっていろよ」

そして真人は、ギアをロウに入れて発進した。

二人を乗せたオートバイは、黄昏の街を軽快に走って行った。

香織は、初めて乗るオートバイに恐怖を感じてはいたが、真人の体の温もりが伝わってきて、心地良い気持ちになってきていた。香織はいつまでもこうしていたいと思っていたが、すぐに現実に引き戻されてしまった。

香織は、家の少し手前で、オートバイから降りて真人に言った。

「今日は本当にありがとう。あなたと知り合えて、うれしかったわ。また会いましょうね」

「いいよ、また、いつか会おうよ！　じゃあ、さようなら」

真人は、そう言うと、オートバイの向きを変えて走り去っていった。

香織は、オートバイが見えなくなるまで、見送っていた。

それから、家に入ると母が出てきて言った。

「こんな遅くまで何をしていたの？　もっと早く帰って来るって約束だったでしょ」

「御免なさい。海岸で足をくじいちゃって」

するとと香織の母は、

「大切な体なんだから、気を付けなければだめよ。来学期は、勉強を頑張ってもらわなければならないのですからね」

香織は、母に叱られて現実の世界に引き戻されてしまった。しかし、真人と知り合えたことによって、憂鬱さも吹き飛んでしまう香織であった。

また、明日からは、受験勉強を頑張らなければならなかったが、今までの香織とは、少し変わっているような気がしていた。明日からの生活が、何故か楽しく思われる香織であった。

第二章

二学期

香織の長かった夏休みも終わり、二学期が始まった。

二学期が始まって一週間ほど経ったある日のことだった。

香織は、学校を終えて友人と一緒に帰ろうと校門の所までやって来ると、道の反対側で、こちらを見ている真人の姿が目に入った。

真人は、香織に気付くと、微笑みながら手を振っていた。

そして香織は、友人と別れると真人の所へ走って行った。

「よう、元気かい。迷惑だと思ったんだけど、君の顔が見たくなってね」

香織は、はにかんだ様子で、

「久し振りね。あれから一か月以上も経ったかしらね。もっと、早く会いに来てほしかったのに、意地悪な人ね。家の場所を知っているんだから、家の方にでも来てくれれば良かったのに……」

「俺だって、君のこと忘れていた訳じゃないけど、バイトやなにやらで忙しくてね。それに、君の家に行けるはずがないじゃないか。君のお母さんにでも見つかったら、君の立場が悪くなるだろうしね」

「それも、そうね。私の両親はうるさいの。あなたの姿を見つけたときは、夢じゃないかと思ったわ」

香織と真人は、まだ二度しか会っていないのに、もうお互いを知り尽くしたように、いや恋人と言っても差し支えないように、話が弾んでいた。

それから真人は、香織が驚くような話をしてきた。

「どうだい、今から俺の家に寄っていかないかい？　汚い所だけど、両親は二人とも働きにでているし、誰にも気を遣わなくていいからさ、一寸遠いけど、わざわざ遠回りして、君に会いに来たのだから、いいだろ？」

「ええ、じゃあ、一寸だけね。遅くなると母に叱られるから……」

二人は、そんな会話を交わしながら歩き出したのだった。

九月とは言え、まだ残暑のきつい午後であった。


身の上話を交わしながら、二人は肩を並べて歩いた。

三十分も歩いただろうか？　やがて、真人の家までやって来た。

香織の家とは比較にならないほどのこじんまりとした家ではあったが、感じの良い家だった。

真人がガラス戸を開けると、中から幼い少年が飛び出してきた。

真人の弟だった。その少年が、香織を見るなり言った。

「お兄ちゃん、お腹空いたよ。あれ、このお姉ちゃん誰なの？」

「このお姉ちゃんは、高校の友だちさ！　ほら、お金をやるからパンでも買って食べな！　いいな、車には気を付けるんだぞ」

「うん」

その少年は真人から百円玉を受け取ると、はしゃぎながら駆けていった。香織は、あっけに取られた顔をして、

「真人には、弟さんがいたのね」

「ああ、まだ話していなかったね。でも、年が離れているだろう？　まだ小学校三年生なんだ」

「そう、可愛い子ね。お姉ちゃんなんて言われちゃったわ」

「甘えん坊で、しようがない奴なんだけど、母親が帰って来るのが遅いから、寂しいんだよ」

「では、今度一緒に遊んであげるわ」

「そうしてもらえると弟も喜ぶと思うよ。話は変わるけど、家、上がっていってくれよ！　二階が俺の部屋なんだ」

男性の部屋に上がるのには少し抵抗はあったが、真人がどんな部屋に生活し

ているのか、好奇心に負けてお邪魔することにした香織だった。

二階の真人の部屋に入って、まず目に飛び込んできたのは、壁に貼られたジョン・レノンとオノ・ヨーコの大きなポスターでした。香織が初めて見る異性の部屋は、物珍しい事ばかりだった。想像していたよりも整理された部屋に驚いたが、ベッドの上の掛け布団が乱れていて、パジャマが脱ぎすてられていたのだった。

「汚いだろう。今片付けるからね」

「思っていたよりずっと整理されているわね。男の人の部屋って、足の踏み場もないのかとばかり思っていたわ」

真人は、パジャマをクローゼットに押し込みながら、言った。

「そうかな？　この部屋、整理されているかな？　君、そんな所に立っていないで、こっちに来て腰掛けなよ」

と言いながらベッドを直し、ベッドに二人腰を掛けた。暫く沈黙の時が流れて、真人は窓の外に目をやりながら再び言った。

「君、男性の部屋に来たのは、初めてかい？　そんなに、かしこまるなよ。調子狂っちゃうよ」

　香織は、恥ずかしそうに頬を少し赤く染めながら、

「初めてだから、戸惑ってしまったの。でも、真人の部屋って、真人の性格を良く表していると思うわ」

　真人は、照れながら、

「やめてくれよ。照れちゃうよ」

　そうしているうちに二人は、本来の調子に戻って話し始めた。

　香織は、正面に貼ってあるポスターを指差して、

「ジョン・レノンとオノ・ヨーコでしょ。好きなの？」

　真人は、得意気に、

「ダブル・ファンタジーってアルバムの中のWOMANって曲が好きなんだけど、ラジカセで聴かせてあげるよ」

　そう言うと、机の上に置いてあるラジカセを巻き戻して、WOMANをかけ

た。

六畳ぐらいの部屋に、曲が流れた。

香織は英語が得意だったので、詩の意味も良く理解できた。

四分余りの曲が終わり、真人は得意気にこの曲全部の意味は分からないけど、「女性をどうやって表現できるだろう」というところと「成功の意味を教えてくれたのは、女性だ」というところがこの曲の好きなところだと語った。

香織も初めて聴くような気のしない曲だと感じ、真人と自分も、この曲のような関係になりたいと思うのだった。

真人と香織は、意気投合して今度は、自分たちの身の上話を始めた。

真人は、香織の横顔を見ながら言った。

「君の家は、とても厳しい両親のようだね？　俺の家の親なんて、まるでほったらかしだよ。でも、仕方がないよな。うちは、裕福じゃないから共稼ぎでやっと生活しているんだ。でも俺は、そんな親に感謝しているから、小遣いくらいは、自分でバイトして稼いでいるんだ」

「真人は立派なのね。私は、絶対にバイトなんてさせてもらえないわ。両親は、私に一流大学へ進学させて、一流企業に入れるのが夢なの。私は、一流企業に入れるほど、頭がよくないのにね……。神戸学園高校だって、合格点スレスレで入学したのよ」

「君は、何を言っているんだい。それは、甘えというものだよ。両親の期待に応えてやるのが子供の義務じゃないか」

香織は、不満そうに言った。

「両親は、自分たちの引いたレールの上を私に歩かせようとしているだけで、私の事なんか何も考えてくれていないのよ」

「そんなものなのかな。俺には、理解できないけどね」

「真人の御両親は、何をなさっているの」

「父は、道路工事の現場で働いている。ただの肉体労働者だよ。母は、近くのスーパーでパートをしているんだ。二人とも、残業で遅くなることが多いんだ。だから、夕食はいつも弟と食べるんだ。俺はいいけど、弟が可哀そうなんだ。まだ、母親に甘えたい年頃だからね」

「そうなんだ。弟さんが、可哀そうね」

それから、真人は、香織に尋ねた。

「そう言う君の家はどうなんだい？」

「父は官庁の役人をしているの。母は高校の教員をしているの。私は、一人っ子だから、甘やかされて育ったの。そんな自分に嫌気が差してるの」

「君は、贅沢だよ。親から期待されているんだから、それに応えてやらなければいけないよ」

「じゃあ、真人はどうなの？」

「俺は以前、大学進学を希望していたけれど、私立大学に入学させてもらえるほど裕福ではないし、かと言って国立大学に入れるほどの頭もないから、高校を卒業したら就職しようと思っているんだ」

「真人は、立派だわ」

「どうも話が暗くなるね。もっと、楽しくやろうよ。そうだ、今日は夕食を食べていかないかい？」

「ええ、でも遅くなると困るわ」

「そうしてくれると、弟もきっと喜ぶと思うよ。俺は、結構料理は上手いんだ。食べていけよ。オートバイで送っていってあげるから、心配するなよ」

「そうしようかしら。私も手伝うわ」

そう言うと二人は、台所へ行って夕食の支度を始めた。

「今日は、弟の大好きなカレーにしようかな。いつもは、もっと簡単なもので済ませるんだけど今日は、君もいることだし特別だ」

そう言いながら、真人はジャガイモの皮をむき始めた。それを見ていた香織は、

「真人、そんなに皮を厚くむいたら駄目よ。私に貸してごらんなさい」

「いいよ、これでも、上手いほうなんだから！」

「なにを言ってんのよ。このジャガイモのむき方はなによ。私が、やるわ」

そう言うと、香織は真人のつけていたエプロンを脱がせて、ジャガイモの皮

をむき始めた。

　その姿を見て真人は言った。

「へー、君みたいなお嬢さんでも上手なんだね」

「失礼しちゃうわね。学校でもちゃんと習ってるのよ。それに、花嫁修業だってやっているのよ」

「御免、御免。じゃあ、君に任せるよ」

　真人は、食器を出したりしていた。そうしているうちに、真人の弟が帰って来て言った。

「お兄ちゃん、また腹減っちゃったよ。夕飯まだ？」

「なんて行儀の悪い事を言うんだ。お姉ちゃんに笑われるぞ。また、こんなに服を汚して、お母ちゃんが大変だろう。着替えて、手を良く洗ってこいよ」

　そして、少年は香織を見て、

「あ、お姉ちゃんいたの。お兄ちゃんはお姉ちゃんばかりにやらせちゃってるね」

「いいのよ、もうすぐ出来るから待っていてね」

少年は、無邪気そうに、

「はーい」

と返事をすると、駆けていってしまった。少年が着替えて戻ってくる頃には、カレーは出来上がって、香織がお皿に盛りつけていた。

真人の弟は、

「あー、いい匂い。腹減ったよ」

「お前って奴は、よく腹の減る奴だな」

それを、聞いていた香織は、

「仕方ないわよねー。育ち盛りですものね」

「お兄ちゃんの作るカレーは、カレー粉が固まってたり、ジャガイモが生だったりするんだよ」

「馬鹿、何てこと言うんだ。もう、作ってやんねえぞ」

香織は笑いながら、

「真人に作ってもらっていたら、どうなっていたか分からないわね。弟さんに喜んでもらえてうれしいわ」

三人は、穏やかな雰囲気で夕食を摂ったのだった。

やがて、香織は、時計を見て、

「あら、もうこんな時間。お母さんに叱られちゃうわ。今日は、どんな言い訳をしようかしら」

真人は、申し訳なさそうに、

「御免な、俺が無理に引き止めちゃったからね。バイクで送っていくよ」

玄関まで行くと少年は、香織に向かって言った。

「お姉ちゃんは、お兄ちゃんの恋人なの？」

それを聞いた香織は、頬を紅く染めて黙っていた。

「お前はまったく、ませているんだから。お姉ちゃんに失礼だぞ。学校の友だちだよ」

真人の弟は、無邪気に言った。

「へー、そう。カレー美味しかったよ。また、遊びに来てね」

香織は、少年の頭を撫でながら、

「ええ、また夕食を作りに来てあげるからね。お兄ちゃんの言うことを良く聞くのよ」

そうすると、真人の弟は、

「うん、バイバイ」

と言いながら部屋に戻って行ってしまった。

「どうしようもない、弟だよ。とんでもないことを言うんだから。でも、弟のこんな楽しそうな姿を見るのは本当に久し振りだよ。ありがとう。遅くなるといけないから送っていくよ」

真人は、香織をオートバイの後部座席に乗せると出発した。

昼間はまだ残暑が厳しいといっても、夕方ともなると風は、涼しく感じられた。香織は、真人の腰にしっかりと抱きついて、顔は真人の呼動が聞こえるくらい押し付けていた。あたかも真人と一体化したような感じを受けた。

暗闇に映えるイルミネーションが、後ろへ後ろへと流れていくのがとても幻想的で、美しく感じられる香織だった。

そして、さっき少年が言った言葉を思い出していた。

回想

「お姉ちゃんは、お兄ちゃんの恋人なの？」

純真な少年の口から、こんな言葉が出るとは思いもよらなかった。

しかし、香織は、とてもうれしかった。まだ二回しか会っていない二人だったが、あたかもお互いを知り尽くしてしまったように思えた。香織は、真人が自分のことをどう思っているか知りたかったが、自分の口から言えるはずもなかった。


やがて香織の家までやって来ると、香織を降ろして真人は言った。

「今日は、本当にありがとう。来月の半ばに僕らの高校で文化祭があるんだ。僕は実行委員なんだ。是非とも君に来てほしいんだ」

「ええ、なるべく行くようにするわ」

「じゃあ、お休み。今日は楽しかった」

「真人も、気を付けて」

真人は、暗くなった街並みを勢いよくオートバイに乗って去っていった。

香織は、暫く真人のオートバイのテールランプが見えなくなるまで見送っていた。家に入ろうと後ろを振り返ると、そこには香織の母が立っていた。母は香織が家に入ろうとすると言った。

「あの人は誰なの。今、何時だと思ってるの?」

香織は泣きそうな表情で、

「御免なさい。学校のお友だちよ」

「嘘をおっしゃい。学校のお友だちでなぜこんなに遅くなるの」

「一寸、学校で勉強を教えてもらっていたの」

「神戸学園高校には、オートバイを乗りまわすような不良はいないわよ。一体、誰なの」

「お母さんには、関係ないでしょう。いろいろ、干渉しないでよ」

そう言うと、香織は、泣きながら急いで二階の自分の部屋に上がっていってしまった。

母親は、父親のところへやって来て言った。

「お父さん、あの子ったら今まで男の人といたのよ。これからが、大切な時だというのに何を考えているのかしらね」

「まあまあ、そんなに言わなくても、あの子も馬鹿じゃないんだから、おかしな真似は、しないだろう。今の年頃ってっていうのは、いろんな経験をしてみたいものなのだよ。また遅く帰って来るようなら、私から言っておこう」

「お父さんが、甘やかすからいけないんですよ」

そんな両親のやり取りがなされている時、香織は、自分の部屋のベッドに伏して涙を流していた。理解のない親を持って、自分はなんと不幸だろうと思った。

でも香織にとって、今日という日が、本当に楽しい思い出となる一日であることには変わりがなかった。

やがて、統一模擬試験も近いし、それが終われば中間テストもある。香織は、明日からまた必死で勉強をしなくてはならないと思うと、憂鬱になる自分を感じていた。しかし、今までとは違い、私には真人という恋人がいると思うと、憂鬱だった自分が変わっていくような気がするのだった。

第三章

文化祭

あの事があって以来、母とは上手くいかなくなっていた。でも父は、少し香織を理解してくれていた。

父が香織を諭すように言った。

「香織よ、おかあさんを心配させるようなことだけはするなよ。これからが、大切な時だ。大学に合格するまでは、歯をくいしばって頑張るんだ。いいな」

父のこの言葉に何も言えず、ただ聞いているだけだった。両親の期待に応える為に、香織は必死で勉強をした。真人に、会いたい気持ちを抑えて頑張った。

しかし、全国統一模試の結果は無残なものに終わってしまった。それに最近は、学校の授業にもついていけない自分に気付いていた。もともと香織の学力では、神戸学園高校のレベルは高かったが、両親の勧めで、この高校に入学したのであった。香織は、決して頭の悪い子ではなかったがあまりにも周囲のレベルが高過ぎた。中間テストが迫っていたが、何故か勉強が手に付かなかった。でも、中間テストが終われば、真人と約束していた文化祭に行けるのだと思うと、勉強も苦ではない香織だった。

第三高校の文化祭

やがて、待ちに待った第三高校の文化祭の日がやって来た。

その日は、秋晴れの空に雲一つない天気だった。香織は取って置きの服を身にまとい、お化粧も念入りにして家を出た。第三高校の校門の所まで来ると、校舎から、楽しげな男女の声が響き、音楽が快い調べを奏でていた。

受付に行くと、そこには真人の姿があった。真人は、香織を見つけると近寄って来て、

「これはこれは、素敵なお嬢さん、いらっしゃいませ。今日は、ゆっくり楽しんでいってください」

とおどけて言った。

香織は、そんな真人に、

「真人ったら、恥ずかしいわ」

と言った。

すると周りの男たちから、

「いよ、御両人、おあついね」

などと、冷やかされていた二人だった。

真人は、どこへ行っても人気者で、そのたびに皆から冷やかされていた。

冷やかされるとむきになって否定する真人だったが、今日は否定せず自分の恋人だとばかりに振る舞っていた。香織は、それがとてもうれしく感じたのだった。

「真人は、人気者なのね。驚いたわ」

「まあね、泣かした女の数は、数しれずといったところかな」

それを聞くと香織は、笑いながら言った。

「まあ嘘ばっかり。女性には、私にしかもてないくせに」

「ああ、ばれたか。実は、そうなんだ。ここは、男子高だろう、周りに女性がいないから、彼女は、君以外、誰もいないんだ」

そう言うとお互いに顔を見合わせて笑った。

真人と香織は、文化祭の催し物を見て歩くことにした。真人は、香織をお化け屋敷に連れていった。入場を躊躇っていた香織であったが真人と一緒ならということで、入場したのだった。中は、竹とか笹で迷路のようになっていて、所々にさも怖くもなさそうなお化けがいて、カップルが来ると、物陰から飛び出てくるというようになっていた。香織は、お化けが出てくるたびに真人に抱きついてしまった。

するとと真人は、笑いながら言った。

「君はいつも偉そうなこと言ってるけど、やはり女性だな。こんなのちっとも怖い事なんてないさ」

香織は、こわばった顔をして真人に言った。

「絶対に離れないでね。早く、こんな所出ましょうよ」

そして、一つ目小僧が出てくると驚いて真人に飛び付いてしまった。

真人は、そんな香織に愛おしさを感じてしまっていた。香織の温もりを肌で感じて、彼女の髪からは甘酸っぱいリンスの香りがしていた。真人は、このまずっとお化け屋敷の中にいたかったけれど、別のカップルがやって来ると、二人は何事もなかったように、離れてしまったのだった。

やがて二人は、いつまでもこうしている訳にもいかないので、次の会場へと向かった。次に入ったのはディスコだった。中は、暗くなっていて、ミラーボールに照らし出された男女は、とても幻想的だった。スピーカーからは、当時流行っていたアバの「ダンシング・クイーン」がガンガンかかっていて、皆男女のカップルになって楽しそうに踊っていた。そんな雰囲気に包まれた香織と真人も、お互いの目を見つめ合って踊ったのであった。

やがて、照明が一段と暗くなると、プラターズの「オンリー・ユー」がかかって、男女がお互いの腰に手を回して踊りだした。香織は、踊るのは初めてだったけれど、真人のリードが上手くて自然に踊ることができた。会場のすみには、何組かのカップルが、寄り添って楽しげに話をしていた。

これ以上、会場にいると怪しい雰囲気になり兼ねなかったので、二人はスローなダンスミュージックが終わると、ダンスフロアーから外に出た。結構長く会場にいたらしく、辺りはもう薄暗くなり始めていた。校庭では、ファイアーストームの用意も出来上がっていて、後は点火を待つだけになっていた。

真人は香織の手を握り、ファイアーストームの円陣の中へと引っ張っていった。

「行こうよ、なんといっても文化祭のメインはファイアーストームだよ」

そんな真人に対して香織は、

「また、踊るの？　疲れたわ」

「平気、平気。ディスコみたいに、ハードではないから大丈夫だよ。ほら、ほら、元気をだして！」

真人に手を引かれて校庭に出ると、今まさにファイアーストームに火が点火されて軽快なミュージックに合わせて男女が踊り始めるところだった。

夕闇の空に、赤々と燃えあがる炎がとても美しく、炎に照らし出される香織の顔は、これまで以上に美しく思われた。

二人は、踊りの輪に加わると楽しげに踊りだした。ファイアーストームも盛況に入った頃、香織は真人の耳元で囁いた。

「私、疲れたわ、どこかで休みましょうよ」

真人も、いささか疲れてきたので、ファイアーストームの踊りの輪から、抜け出して、校舎の裏側にあるベンチに腰を下ろした。

辺りは、すっかり暮れていて誰もいなかった。

二人は、お互いに見つめ合うと、

「今日は、本当に楽しかったよ」

「私も楽しかったわ」

それだけ言うと、二人は、黙って見つめ合っていた。

やがて、真人は香織の肩に手をやり引きよせた。香織は、それを拒もうとはせずに素直に受け入れた。真人は、香織のしなやかな髪をかきあげると腕を背中に回して、美しい香織の唇に熱い口付けをした。香織にとっては、ほんの一瞬の出来事だったが、その一瞬の中に、永遠なるものを見出したのだった。

そして、二人はお互いに、完全なる愛を感じとっていた。暫く、二人は寄り添って、居るだけで一言もしゃべらなかった。香織は、このまま時が止まればいいと思った。

幸福な時は、得てして短いものである。

文化祭のファイアーストームも終わり、皆が帰り始め、二人も帰路についた。

香織の心は、さっきまでとは反対に暗くなっていた。香織には門限があり、それに遅れると母に叱られることを、真人に話した。

すると、真人は、

「じゃあ、今日は僕が、御両親に会って謝るよ」

「駄目よ。真人が悪く言われるだけだから、やめて頂戴」

「いや、こういう事は、はっきりさせなくちゃ駄目なんだ」

そう言うと、二人は、香織の家に向かった。

香織の家

香織の家の前までやって来ると真人は、玄関のチャイムを鳴らした。

すると、中から香織の母が出てきて言った。

「香織、遅かったじゃないの。あら、この方はどなたなの？」

すると、真人は言った。

「お母さん、帰りが遅くなって、どうも申し訳ありませんでした。今日は、僕が香織さんを、お誘いしたんです」

「お母さんこの方、真人さんです」

「ああ、この間も遅くまで、香織を引っ張りだした人ね。この方、神戸学園高校の学生じゃなさそうだけど、どこの高校の学生さんですか？」

「僕は、神戸第三高校に通っている久保田真人と申します」

「やっぱり、そうなのね。あの、どうしようもない高校の生徒さんなのね」

「お母さん、何てこと言うの、真人さんに失礼よ」

「あなた方がどんな関係なのかは知りませんが、香織は、今が一番大切な時なんですから、誘惑しないでください。香織は、私たちのたった一人の娘なんですから！　一流大学に入学させて、将来は、一流企業に勤めるちゃんとした男性と結婚させようと思っているんです。今後、一切、香織とは交際なさらないでください」

今まで、平静を保っていた真人も、この言葉を聞くと、唇を震わせて何も言わずにぷいっと外へ飛び出していってしまった。

香織はすぐに後を追っていったが、真人はオートバイに乗って行ってしまった。やがて香織は、涙を流しながら家に戻ってくると、

「お母さんなんて大嫌い」

と言うと二階の部屋に駆け上っていってしまった。

香織は、ベッドの上で絶望の涙を流していた。

やがて、香織の父が二階の香織の部屋にやって来て言った。

「お母さんもひどい事を言ったけれど、お前の為を思えばこそなんだよ。お前が、いくら真人君を愛していても、あちらは貧しい家庭の長男。香織は私たちのたった一人の娘なんだよ。それに、お前には、大学に行ってもらわなければならない。だから、この恋は、報われることのない恋なのだよ。真人君だって、このまま、お前との交際を続けていれば、自分が惨めになるだけだ。お前が真人君を本当に愛しているのなら彼を諦めるべきなのだよ。こんなことは、時が解決してくれるよ。そこを良く考えて真人君とは、これっきりしなさい。

それが、お互いにとって一番いいことなんだよ。分かったね」

香織は泣きながら言った。

「お父さんは、私を理解してくれていると思ったのに、お母さんと同じなのね。出て行ってよ。この部屋から出て行って」

香織の父は、弱り果てたような顔をして部屋を出て行った。

香織は、真人を、諦めることなんてできないと思っていた。そして香織は、誰になんと言われようとも、真人との愛を貫き通す決意をするのであった。

第四章

強い愛

香織は、その日以来、真人に会うことはできなかった。真人は、香織を避けているると思っていた。あの陽気な真人が心を痛めたかと思うと、香織はいたたまれなかった。真人に会って、もう一度話をして、お互いの愛を確かめ合いたかった。だが、真人に手紙を出しても、返事は返って来なかった。

そんな訳で、学校に行っても勉強が手に付かなかった。

香織は、授業中に担任の教師に指名されても、何も答えることができなくて、職員室に呼び出された。

職員室

「どうした。最近おかしいじゃないか。何か、悩み事でもあるなら、言ってみなさい」

「別に、何でもありません」

「そうか、それならいいが、お前は進学特別クラスを希望していたけれど、このままの成績では無理だな。中間試験の成績が悪かったからな。いいか、期末試験で頑張らないと駄目だぞ。いいな、しっかりやれよ」

「はい」

そう言うと香織は、うなだれて職員室から出て行った。

いつの間にか、激しい雨が校庭を濡らしていた。香織は職員室から出てくると、次の瞬間降りしきる雨の中、傘も差さずに真人の家に向かって走っていた。ただ、真人に会いたかった。そして、真人の溢れる愛で優しく包み込んでほしかった。すれ違う人々は、不思議そうな顔をして、香織を見ていたけれど気に留める人は、誰もいなくてただ雨が降っていた。

真人の家

真人の家に到着した時には、香織の体は、びしょ濡れになっていた。真人の家のドアを必死で叩き、真人が驚いてドアを開けると、香織はいきなり真人に抱き付いた。二人は、暫く抱き合っていたが、香織のただならぬ様子に、何もかも感じとって、濡れている香織の体をきつく抱き締める真人であった。

「どうしたんだ。こんなに濡れて、風邪ひくじゃないか」

「どうしても真人に、会いたくなって走って来ちゃった」

「馬鹿だな、家に上がって体を拭きなよ」

「驚かせて、御免ね」

真人は、バスタオルを渡し、ストーブに火をつけた。香織の濡れて乱れた髪が、何とも言えずセクシーだった。濡れた服を取り換えてあげようと思ったが、女性の服はなかったので、制服用のワイシャツを貸してあげ、ミルクを温めて飲ませてあげた。

「何があったんだい」

香織は、涙ぐみながら、

「ええ、一寸。でも、どうして真人は、私に会いに来てくれなかったの？　それに、手紙の返事も書いてくれなかったわね。ひどいわ」

真人は、香織の涙を拭いながら、

「あんな事があってから、よく考えてみたんだ。君と僕とでは、住んでる世界に大きな差が、あり過ぎるみたいだ。君みたいに素敵な女性には、もっと、相応しい男性がいるはずだ。君のお母さんの言う通りだよ。第三高校を出て出世した奴はいないし、君は大学進学、僕は就職じゃ、不釣り合いもいいところだ。だから、君の事を忘れようとしていたんだ」

「私たちは、お互いに強い愛で結ばれていたのではないの。そんなもろい愛だったの？　私は、真人を心から愛していて、今だって、ちっとも変わっていないわ。それなのに……」

「僕だって、できることならば、今までのように香織と楽しく過ごしたかったさ。でもこのまま行ったら、きっと自分が惨めになると思うんだ。それに、君を不幸にすると思う。悲しいけれど、香織を愛していればこそ、君と別れようと思ったんだ」

「真人は、自分を偽っているわ。愛しているのならば、どうして二人で進もうとはしないの。愛し合う二人を引き裂くことは、神様にだって出来ないはずよ。それとも、真人の愛は、そんなに脆いものだったの」

真人は、香織のワイシャツの袖を持って、

「いや、僕の愛は君の愛よりも、ずっと強い。強いからこそ、別れようと思ったのだよ。でも君が、この雨の中を僕に会いに来てくれて、本当の愛が、分かったような気がするよ。愛する二人は、どんな困難に遭ってもいつも一緒でなければならないんだ。もう君を離しはしないよ」

「真人」

「香織」

二人は、ベッドの上できつく抱き締め合い、激しく口付けをした。そして二人は、激しくお互いの愛を確認するかのように結ばれたのだった。

やがて、香織の服が乾き、体も温まると二人は、さっきまで燃えるようにお互いを求め合っていたことが嘘のように、服を着た。

そして、香織は、真人が呼んだタクシーに乗って帰っていった。

期末試験

そんな事があってから、二人は学校帰りは、場所を決めて落ち合うようになっていた。

しかし、親からは真人との交際は、未だに反対されていたし、期末試験も後二週間後に迫っていた。

香織は、悩みを真人に話すのだった。

「私、大学進学は、諦めようと思うの。そんな事よりも、もっと大切な事があると思うの」

「僕は、就職という目的に向かって努力している。香織は、大学進学という目的に向かって努力すべきなんだよ。君が僕と知り合ったことで、大学進学を諦めたとするなら、やはり、香織を不幸にしたことになる。付き合っていても、立派に勉強は出来るというところを見せれば、きっと君の両親も許してくれると思うんだ」

「そうかもしれないわね。わたしも、努力してみるわ」

そう言うと、香織は、真人を見つめながら微笑んだ。それからの毎日というものは、香織は涙ぐましい努力をしていたが、それでも毎日真人と落ち合って一緒に帰っていた。二人は、公園のベンチに腰掛けて勉強を教え合っていた。

いつしか、北風の冷たい十二月の半ばになっていた。期末試験が始まると、二人は別々に勉強をしていたが、お互いのことを忘れることなどなかった。期末試験は、四日間にわたって行われたが、現実の壁は、香織の前に立ちはだかったのだった。香織は、必死で頑張ったが、レベルの高い神戸学園高校においては、到底歯が立たなかった。香織は、絶望の淵に叩きおとされてしまった。

香織は、真人に申し訳ないと思った。もう目の前は真っ暗で、神は何故これほどまでに惨い仕打ちをなさるのかと思った。

もう、真人と離れているなんて耐えられないと思ったが、このままでは、また二人は、引き裂かれてしまうと思った。香織は、どうしていいのか分からなかった。

もうすぐ、クリスマス・イブがやって来る。

外は、北風が強く吹く暗闇があった。

第五章

許されざる行為

一九八〇年十二月二十日。

期末試験の結果が、発表されたが、やはり香織の成績は良くなかった。もう大学進学への道は、閉ざされたと思った香織は、自暴自棄になってしまっていた。

クリスマス・イブ

クリスマス・イブには神戸の街を見て歩く約束になっていたので、学校帰りにいつもの三宮そごう前のバス停で待ち合わせた。三宮の街は、年の瀬も押し詰まって忙しそうに通り過ぎる人々で、ごったがえしていた。

真人は、香織を見つけるといつもと違うことにすぐ気が付いた。二人は、何も語らずに三宮のトアロードを肩寄せ合って歩いた。他にも、カップルらしい二人連れが何組かいた。とても幸せそうで、香織は羨ましかった。

やがて、トアロードを北に向かって歩いていくと、北野町に出た。北野町の異人館通りが一番好きだった二人は、人通りの少ない道のベンチに肩を寄せ合って座った。

辺りも、夕闇が迫ってきていて北風の冷たさが、より一層体に染みてきた。二人は、この異国情緒たっぷりの雰囲気に完全にのみ込まれていた。

真人は、香織に言った。

「寒くないかい。寒かったら、もっと近くにお寄り」

するると、香織は言った。

「いいえ、寒くないわ。私たちの愛は、激しく燃えているもの」

「やっぱり、駄目だったんだね。でも、次回があるさ」

香織は、目に涙を浮かべて言った。

「もういいの、大学進学なんてもうどうでもよくなったわ。私は、ずっと真人とこうしていたいの。もう、絶対に離れたくないのよ。永遠に、こうしていたいわ」

「僕だって、そうさ。君と一緒にいられる時が、最高に幸せなんだ。君を離したりしないよ」

「でも、私の両親は、私たちの交際を認めてくれないのよ。それに、大学進学の道が断たれた今となっては、生きる望みはないわ」

「もし、二人を引き裂こうとするものがあっても、それは不可能だ」

「でも、明日になれば、また二人は、離ればなれにならなくてはならないわ。

そして、二人はもう二度と会えなくなるかもしれないわ。そんなのいや。ここで、時間を止めることができたらいいのに。そうだわ、時間を止めればいいのよ。そうすれば、私たちは永遠に一緒にいられるし、そして私たちは永遠に十七歳と十八歳のままでいられるのよ！　それは、神の国に行けばいいのよ」

香織の飛躍した思考に真人が反対すれば、二人の悲劇は防げたかもしれなかったが、当の真人までもが同調の発言をしたのだった。

「誰も二人を引き裂くことのできない天国へ行けば、永遠に一緒になれる。香織は、それでいいのかい？」

香織は、真剣な眼差しで言った。

「ええ、私はそうすることが一番いいと思うわ。真人と一緒なら死をも恐れないわ。来世でも真人を見つけて幸せになるわ！　真人と知り合えて最高に幸福だったわ」

そんなやり取りをしている間に、時間は、あっと言う間に過ぎ去り、近くの教会から讃美歌が流れてきたのであった。

クリスマス・イブも後、一時間で終わろうとしていた。空からは、雪もちらついてくるほど、辺りは冷え込んでいた。讃美歌も終わり、誰もいなくなった教会で、二人は祈りを捧げたのだった。


そして二人は、許されざる行為を実行に移してしまうのだった。

真人は、香織に尋ねた。

「後悔しないかい？」

香織は、真剣な眼差しをして頷き言った。

「ええ、私は、真人の手で天国へ行きたいわ」

真人も真剣な眼差しで答えた。

「香織を追って、すぐ後から逝くからね」

そう言い終わると、香織と真人は、お互いきつく抱き締め合い最期の口付けを交わし、お互いの愛を確かめ合った。

それから真人は、香織を教会の長椅子の上に横にさせると、香織の首に手を回し首を強く締めた。
香織は、次第に意識がなくなっていったが、不思議と苦痛はなかった。
やがて、香織の体は、がっくりとして息絶えてしまった。
真人はそれを見届けると、最期にもう一度香織の唇に口付けをして、
「香織、さようなら」
と言い、流れ落ちる涙の雫で香織の唇を濡らしたのだった。
そして、香織に別れを告げると教会を飛び出していった。
真人は、近くのビルの非常階段を駆け上がり屋上の鉄の柵を乗り越えて、
「香織、今逝くよ」
と叫ぶと身を投げた。
クリスマス・イブの異人館街に、鈍い音が響き渡った。
真人の体の上には、包み込むように雪だけが、降り注いでいた。
ところが、その頃、香織は徐々に意識を取り戻しつつあった。皮肉なこと
に、香織は仮死状態となっていたのであった。それを死んだものと思い込ん

で、真人はビルから飛び降りて息絶えたのだ。

完全に意識を取り戻した香織は、暫くは何がなんだか理解できなかったが、やがてさっきまでの経緯を思い出して慌てたのだった。香織は、真人が死んでしまうと思った。香織は、自分はなんて恐ろしい事を、真人に言ってしまったのだろうと思った。しかし、どうしていいか分からなかった。

香織は、近くの公衆電話から家に電話を掛けて、今までの経緯を父に話すと、香織の父は、

「いいか、そこを絶対に動くんじゃないぞ。いいか、自殺なんて馬鹿な真似はするなよ。いいな、すぐ行くからな」

と言って電話を切った。香織は、暫く呆然としていたが、香織の父の通報で駆けつけた警察官によって無事保護された。

警察官が辺りを捜索した結果、コンクリートの地面に落下して、即死している真人が発見されたのだった。そこへやって来た香織の父は、香織をしっかり抱くと言った。

「見てはいけない。見ちゃいけない」

と香織を制止したが、

「真人に、会わせてちょうだい」

と言って父の手を振りほどいて、真人が倒れている方向に走り寄っていった。そこには頭から血を流して倒れている真人の無残な姿があった。しかしその顔は、微笑みさえ浮かべているように見えた。

香織は、無残な真人の姿を見ると、

「真人ー」

と叫んで倒れてしまった。

病院

香織が次に気が付いたのは、病院のベッドの上だった。

香織は、あまりのショックの為に、二日間も昏睡状態が続いていたのであった。ベッドの周りには、香織の両親と高校の担任の教師が、心配そうに立っていた。

そして、香織の父は、目に涙を浮かべながら、

「お父さんたちが間違っていた。二人がそれほど愛し合っていたなんて、思ってもみなかったんだ。許しておくれ。真人君に、本当に申し訳ないことをしてしまった。私は、父親として失格だ」

と言って泣いた。あんなにも、厳しかった母も泣いていた。

そして、香織の担任の教師は、

「君が、それほど悩んでいたなんて知らなかった。大学なんかでは、人間の価値は決まらないよ。大学に合格できなくたっていいじゃないか。何度だって挑戦できるんだ。まだ君にも、無限の可能性があるんだ。死んだら駄目だ。死んでいった真人君の分まで生きてほしい。生きなくちゃいけないんだ」

先生も涙を堪えているようだった。

香織は、どうしたらよいのか分からなかった。真人は、香織一人を残して

逝ってしまった。二人は永遠に一緒になれるはずだった。香織は悲しかった。

しかし、自分一人で死ぬほどの勇気は、持ち合わせていなかった。

葬式

その翌々日、真人の葬儀がしめやかに営まれた。真人の両親たちは悲しみにくれていた。真人の幼い弟は、香織を見つけると、

「お姉ちゃんの馬鹿。お兄ちゃんを返してよ。お姉ちゃんの馬鹿！」

と言いながら泣きついて来たのだった。

しかし、香織は、

「御免なさい。御免なさい」

と繰り返すことしか出来なかった。祭壇に飾られた真人の遺影は、いつも陽気な真人の写真で、今にでも笑い掛けてきそうな写真だった。

葬儀も終わって、帰り際に真人の父親がやって来て香織に言った。

「香織さん、真人は貴方を心から愛していました。それに、真人は弟想いだったし、私たち両親のことを、とても気に掛けてくれていました。高校を卒業したら就職して、家計を助けるんだと申していました。そんな真人が何故自殺なんかしたのか不思議だったのですが、香織さんが、交際を禁止されていて、それに一人っ子の香織さんと長男の真人が、事実上結婚できないのが明らかなことと、香織さんから死のうと言われて断れなかったのが理由だったのでしょう。きっとクリスマス・イブの神戸の夜が、あの子をそういう雰囲気に引き込んでしまったのでしょう。でも、それは本当に香織さんを心から愛していたからなのです。私たちは真人を失った今、香織さんを全く恨んでいないと言ったら、嘘になるでしょう。しかし、最愛の息子が愛した女性を心の底から恨むことができる訳がありません。もし、真人がクリスマス・イブの雰囲気に呑み込まれなかったら、自殺を思いたった香織さんをきっと引き止めていたでしょう。あれは事故だったのです。真人のことを本当に愛していたのなら、真人の分まで生きて、幸福になってください。真人も、天国でそれを一番望んでいるはずです」

と言い終えると、真人の母の肩を抱きかかえるようにして去っていった。香織は、もう二度と足を踏み入れることのないであろう真人の家を後にしたのであった。

一九八〇年、十二月最後の一日であった。ある意味で一九七〇年代の終わりの一年でもあったと言えるのではなかったか？　明日からは、本当の意味で八〇年代の始まりである。

香織は、この罪の償いとして真人の分まで、生きて行こうと決心したのだった。真人が、望んでいた大学進学という目的に向かってできるだけの努力をしようと思った。

香織は、今でも真人への愛情は、変わっていなかった。そして、もう二度と恋はするまいと思うのだった。これからは、真人の愛だけを支えに生きて行こうと思った。

香織の後ろに香織の父がやって来て、肩を叩きながら言った。

「あせるなよ。人生は、先が長いんだ。焦るなよ」

しかし、香織の人生は、その時既に決定されてしまっていたのだ。

おりしも、二十三日前には、真人の好きだったジョン・レノンが、熱狂的なファンの銃弾に倒れてしまった。それは、輝かしくも、素晴らしい七〇年代の終わりを象徴しているかのようであった。七〇年代の受験戦争、交通戦争のように、受験戦争に倒れたカップルが香織と真人だった。世間では、年間二万人余りもの人が、自殺で命を落としているという。真人の人生もその中の一人にすぎないのかもしれなかった。

香織がふと外を見ると、六甲おろしの北風の強い新年の暗闇があった。

エピローグ

十年後

真人の死から十年が経っていた。

ジョン・レノンの十周忌ということで、ＦＭラジオでジョン・レノンの特集をやっていた。香織が、ＦＭラジオのチューニングを合わせると、「夢の夢」が、かかっていた。夢のように過ぎた十年ではあった。

香織が台所で料理をしていると、

「ママ、何やってるの。お腹空いたよ」

ドアを開けて立っている誠に目をやった。

「あら、もうこんな時間？　すぐに、夕食にしましょうね。居間でテレビでも見ていなさい」


あの忌まわしい事件から、十年が過ぎ去っていた。

真人は、香織の中に分身を残して逝ったのだった。香織は、分身を宿しながら、受験勉強に打ち込んで見事に大学に合格したのだった。

現在は、真人の忘れ形見であるところの誠と二人で暮らしていた。

香織は教育に一生を捧げて、今の高校生たちに自分のような暗い青春を歩ませたくなかった。

結婚の話は何回か来たけれど、香織は、その申し出を全て断っていた。真人との愛は、十年間忘れていなかった、香織は、これからも、ずっと真人との愛を心に抱いて、息子である誠の成長を見守って、生きて行くつもりである。

香織の青春は、真人の死によって、終わりを告げたのであった。

また、クリスマス・イブがやって来る。

一九九一年もまぢかである。

写真の真人はあの頃のままで、十年経った香織には不思議に思われた。

クリスマス前日には、息子と一緒に真人のお墓参りに行こうと思った。香織は、真人の死という、青春の十字架を背負って生きて行くことであろう。そうすることが、真人の死に対する償いだと思った。

でも、あの頃の香織とは違っていた。もう、二度と死を考えたりはしないだろう。香織は母になったと同時に、強くなったのである。

窓の外には、あの時と同じように、北風の吹く黄昏があった。

完

後書き

●年間二万人余りの自殺している人々に捧ぐ

本書は、ニュースで知った神戸の高校二年の女子高生と高校三年の男子高生の悲劇を題材にしています。

この小説を書こうと思った時は、行ったこともない神戸の街をどのように表現するか悩みましたが、執筆してから一年だけ神戸で仕事をするという機会があり、神戸の街は多少なりとも知っていると思っています。

高校生の悲劇ということ以外は、フィクションです。人物名及び学校名は架空名ですので、よろしくお願い致します。

真人と香織が出逢った日にちに特に意味はありませんが、自分の青春時代の一九八〇年七月二十一日としました。

拙い文章ではありますが、最後までお読みいただき感謝申し上げます。

著者プロフィール

ヒロ 久保田（ひろ くぼた）

昭和35年5月9日生まれ。
埼玉県出身・在住。
駒沢大学経済学部経済学科卒。

青春の黄昏

2019年11月15日　初版第１刷発行

著　者　ヒロ 久保田
発行者　瓜谷 綱延
発行所　株式会社文芸社
〒160-0022　東京都新宿区新宿1－10－1
電話　03-5369-3060（代表）
03-5369-2299（販売）

印　刷　株式会社文芸社
製本所　株式会社本村

ISBN978-4-286-20980-7